# Sitten und Gebräuche der Thrid

Murray Leinster

**Writat**

Diese Ausgabe erschien im Jahr 2023

ISBN: 9789359257280

Herausgegeben von
Writat
E-Mail: info@writat.com

Nach unseren Informationen ist dieses Buch gemeinfrei.
Dieses Buch ist eine Reproduktion eines wichtigen historischen Werkes. Alpha
Editions verwendet die beste Technologie, um historische Werke in der gleichen
Weise zu reproduzieren, wie sie erstmals veröffentlicht wurden, um ihre
ursprüngliche Natur zu bewahren. Alle sichtbaren Markierungen oder Zahlen
wurden absichtlich belassen, um ihre wahre Form zu bewahren.

# Sitten und Gebräuche des Dritten

## VON MURRAY LEINSTER

### ICH

Das eigentliche Problem bestand darin, dass Jorgenson die Dinge wie ein Geschäftsmann sah. Aber er sah sie auch und im Widerspruch dazu als richtig und gerecht oder als falsch und unerträglich an. Als Geschäftsmann hätte er sich auf das Geschäft konzentrieren sollen und sich nie um Ganti kümmern sollen. Da er an Recht und Unrecht glaubte, wäre es für ihn klüger gewesen, sich ganz vom Planeten Thriddar fernzuhalten . Thriddar war jedenfalls kein Platz für ihn. An diesem besonderen Morgen war es für ihn besonders der falsche Ort, um zu leben und Geschäfte zu machen.

Als er aufwachte, dachte er an Ganti und hatte deshalb sofort schlechte Laune. Die meisten Menschen konnten so etwas nicht ertragen Thriddar . Die meisten von ihnen wollten Raketenwaffen einsetzen – die die Thrid nicht nutzten –, um das lokale Gesellschaftssystem zu verändern. Die meisten Menschen konnten Thriddar verlassen – und zwar schnell! Und kochend verrückt.

Jorgenson hatte länger durchgehalten als die meisten anderen, weil er trotz ihrer Überzeugungen die Thrid mochte . Ihre Gedanken machten Außenschleifen und gelangten zu unerträglichen Überzeugungen. Aber sie waren intelligent genug. Sie hatten Dampfkraft und sogar dampfbetriebene Atmosphärenflieger, aber sie hatten keine Raketenwaffen und sie hatten ein soziales System, das die Menschen einfach nicht akzeptieren konnten – auch wenn es nur für Thrid galt . Die gewöhnlichen Thrid , mit denen Jorgenson Geschäfte machte, waren keine schlechten Menschen. Es waren die Beamten, die ihn dazu brachten, mit den Zähnen zu knirschen. Und obwohl es seine einzige Aufgabe war, den Handelsposten der Rim Stars Trading Corporation zu leiten, hatte er manchmal die Nase voll.

Dieser Morgen war besonders über dem Limit. Es gab ein neues Grand Panjandrum – Jorgensons Bezeichnung für den obersten Herrscher über alle Thrid – und als Jorgenson sein Frühstück beendet hatte, wartete ein hochrangiger Thrid- Beamter auf dem Gelände des Handelspostens. Um ihn herum drängten sich andere Thrid , die die formelle Kopfbedeckung trugen, die darauf hindeutete, dass sie Zeugen einer offiziellen Handlung waren.

Jorgenson ging mit finsterer Miene hinaus und tauschte die üblichen zeremoniellen Grüße aus. Dann strahlte ihn der hohe Beamte an und zog eine Schriftrolle aus seinem weiten Gewand. Jorgenson sah das Glitzern von Gold und wurde sofort misstrauisch. Die Worte eines aktuellen Grand

Panjandrum wurden immer in Gold geschrieben. Wenn sie nicht in Gold geschrieben wurden , dann wurden sie überhaupt nicht geschrieben; aber es wäre schade, wenn irgendjemand einen davon ignoriert hätte.

Der hohe Beamte entrollte die Schriftrolle. Die Thrid um ihn herum, die Zeugenhüte trugen, verstummten völlig. Der hohe Beamte gab einen Laut von sich, der einem Räuspern gleichkam. Die Stille wurde totenähnlich.

„An diesem Tag", intonierte der hohe Beamte, während die Zeugen ehrfurchtsvoll zuhörten, „an diesem Tag tat Glen-U der Unverwechselte, wie es seine Vorgänger im Laufe der Jahrhunderte waren; – an diesem Tag tat der Unverwechselte Glen- Du sprichst und sagst und beobachtest eine Wahrheit in der Gegenwart der Herrscher und Herrscher des Universums.

Jorgenson dachte säuerlich darüber nach, dass die Gouverneure und Herrscher des Universums diejenigen waren, die sich zufällig in Hörweite des Großen Panjandrum befanden. Sie waren nicht imposant. Sie hatten Angst. Unter einem absoluten Herrscher hat jeder immer Angst, aber das Große Panjandrum war noch schlimmer. Er durfte keinen Fehler machen. Was auch immer er sagte, musste wahr sein, denn er sagte es, und manchmal hatte es drastische Folgen. Aber frühere Grand Panjandrums hatten in höchsten Tönen vom Handelsposten gesprochen. Jorgenson sollte sich keine großen Sorgen machen müssen. Er wartete. Er dachte an Ganti. Er runzelte die Stirn.

„Der große und unverwechselbare Glen-U", wiederholte der Beamte erneut, „hat in Anwesenheit der Gouverneure und Herrscher des Universums gesprochen, gesagt und festgestellt, dass es der Wunsch der Rim Star Trading Corporation ist, etwas zu präsentieren." Ihm, dem großen und unverwechselbaren Glen-U, alle gegenwärtigen Besitztümer der besagten Rim Stars Trading Corporation zu überweisen und ihm danach alle Gelder, Güter und Wohltaten an und von der besagten Rim Stars Trading Corporation zu überweisen, wie sie es tun Der große und unverkennbare Glen-U sprach, sagte und bemerkte außerdem, dass jeder, der diese treue und bewundernswerte Gabe behindert, durch das Wirken der Wahrheit aus dem Blickfeld verschwinden und von keinem vernünftigen Wesen mehr von Angesicht zu Angesicht gesehen werden muss ."

Der hohe Beamte rollte die Schriftrolle zusammen, während Jorgenson darin explodierte.

Ein Teil davon war die Reaktion als Geschäftsmann. Ein Teil davon war die Anerkennung all der unerträglichen Dinge, die die Thrid als selbstverständlich betrachteten. Wenn Jorgenson nur als Geschäftsmann reagiert hätte, hätte er es geschluckt, wäre mit dem nächsten Rim Stars-Handelsschiff abgereist – das keine Handelsgüter zurückgelassen hätte – und hätte das Grand Panjandrum verlassen, um zu erkennen, was er verloren hatte, als nein Außerirdische Waren sind auf Thriddar eingetroffen . Mit der

Zeit würde er sprechen und sagen und beobachten, dass er aus Großzügigkeit die Beute zurückgegeben habe. Dann könnte der Handel wieder aufgenommen werden. Aber Jorgenson fühlte sich heute Morgen nicht nur wie ein Geschäftsmann. Er dachte an Ganti, der ein besonderer Fall von allem war, was er auf Thriddar nicht mochte .

Es war nicht klug, sich von solch mitfühlenden Gefühlen bewegen zu lassen. Das Grand Panjandrum konnte sich nicht irren. Es war definitiv unklug, ihm zu widersprechen. Es könnte sogar gefährlich sein. Jorgenson war in einer schlimmen Lage.

Die Zeugen murmelten ehrfürchtig:

„Wir hören die Worte des Never-Mistaken Glen-U."

Der hohe Beamte steckte die Schriftrolle weg und sagte sanft:

„Ich werde die Gelder, Güter und Wohltaten erhalten, die die Rim Stars Trading Corporation dem großen und unverwechselbaren Glen-U überreichen möchte."

Jorgenson, der innerlich kochte, wusste dennoch, was er tat. Er sagte kurz und bündig:

„Zum Teufel, das wirst du!"

der Thrid- Sprache gab es eine Redewendung , die genau die Bedeutung des menschlichen Ausdrucks hatte. Jorgenson hat es benutzt.

Der hohe Beamte sah ihn völlig verblüfft an. Niemand widersprach dem Grand Panjandrum! Niemand! Den Thrid war schon vor langer Zeit aufgefallen, dass sie die intelligenteste Rasse im Universum waren. Da das so war, mussten sie offensichtlich die vollkommenste Regierung haben. Aber keine Regierung könnte perfekt sein, wenn ihre Beamten Fehler machen würden. Es hat also noch nie ein Thrid- Beamter einen Fehler gemacht. Insbesondere das großartige und unverkennbare Glen-U könnte auf keinen Fall einen Fehler machen! Wenn er etwas sagte, dann stimmte es! Es musste so sein! Er hatte es gesagt! Und das war die grundlegende Tatsache in der Kultur der Thrid .

„Du wirst zum Teufel Geld und Waren und so bekommen!" schnappte Jorgenson. „Zum Teufel, das wirst du!"

Der hohe Beamte traute seinen Ohren buchstäblich nicht.

„Aber – aber das großartige und unverwechselbare Glen-U –"

„Ist falsch!" sagte Jorgenson bissig. „Er hat Unrecht! Die Rim Stars Trading Corporation will ihm *nichts* geben! Was er gesagt hat, ist nicht wahr!" Dies war das Äquivalent von Verrat, Gotteslästerung und dem Höchstmaß an ungebührlichem Verhalten gegenüber einer jungfräulichen peläischen Prinzessin. „Ich werde ihm nichts geben! Ich verschwinde nicht einmal aus den Augen! Auch da hat Glen-U Unrecht! Jetzt – Idiot!"

Er zog seinen Blaster hervor und drückte ab.

Zwischen dem Beamten und ihm kam es zu einer explosionsartigen Flammenexplosion aus dem Boden. Der Beamte floh. Mit ihm flohen alle Zeugen, einige verloren in ihrer Eile sogar ihre Kopfbedeckung.

Jorgenson stampfte in das Gebäude des Handelspostens. Seine Augen waren stürmisch und sein Kiefer war angespannt.

Er erteilte Befehle. Der angeheuerte Thrid vom Personal des Handelspostens hatte die Situation nicht ganz erfasst. Sie konnten es nicht glauben. Als er befahl, die Eisentüren und Fensterläden des Handelspostens zu schließen, gehorchten sie automatisch. Sie sahen, wie er das Elektroschockerfeld einschaltete, damit niemand das Gelände überqueren konnte, ohne einen Stromschlag zu bekommen, der ihn entmutigen würde. Sie begannen zu glauben.

Dann schickte er nach dem Handelsposten Thrid- Berater. Auf der Erde hätte er einen Anwalt gerufen. Auf einer feindlichen Welt hätte es einen Soldaten gegeben, der ihn beraten hätte können. Auf Thrid war der zu konsultierende Spezialist nicht gerade ein Theologe, aber er war dem näher als alles andere.

Jorgenson legte ihm die Angelegenheit empört vor und wiederholte genau die Worte, die besagten, dass die Handelsgesellschaft sich praktisch dem Never-Mistaken Glen-U, dem Grand Panjandrum von Thriddar , hingeben wollte – wollte ! Er wartete darauf, dass ihm gesagt wurde, dass es nicht hätte passieren können; dass es sowieso nicht beabsichtigt sein konnte. Aber die thriddischen Ohren des Theologen wurden schlaff, was so viel bedeutete, als würde das Gesicht eines Mannes blass werden. Er stammelte aufgeregt, wenn das Grand Panjandrum es sagte, dann sei es wahr. Es könnte nicht anders sein! Wenn sich die Handelsgesellschaft ihm hingeben wollte, konnte man nichts dagegen tun. Es wollte! Der Große Panjandrum hatte es gesagt!

„Er hat auch gesagt", sagte Jorgenson gereizt, „dass ich verschwinden solle und nie mehr von Angesicht zu Angesicht von irgendeinem vernünftigen Wesen gesehen werden soll. Wie kann das passieren? Werde ich mit einem Speer aufgespießt?"

Der Handelsposten-Theologe zitterte. Jorgenson machte die Sache noch viel schlimmer.

„Das", tobte er, „das ist verrückt! Der Grand Panjandrum ist ein gewöhnlicher Thrid , genau wie du! Natürlich kann er einen Fehler machen! Es gibt niemanden, der sich nicht irren kann!"

Der Theologe hob schwach protestierende, menschenähnliche Hände. Er flehte hysterisch darum, nach Hause gehen zu dürfen, bevor Jorgenson verschwand, mit unbekannten Folgen für jeden Thrid , der sich in der Nähe aufhalten könnte.

Als Jorgenson eine Tür öffnete, um ihn hinauszuwerfen, stürzte sich das gesamte Personal des Handelspostens hinter ihm her. Sie hatten gelauscht und flohen voller Entsetzen.

Jorgenson beschimpfte sie alle unvoreingenommen und schaltete das Schockerfeld wieder ein. Er schloss einen Kapazitätsschaltkreis an, der Warnsirenen einschaltete, wenn so etwas wie ein dampfbetriebener Hubschrauber über dem Handelsposten vorbeiflog oder schwebte. Er platzierte die Blaster an geeigneten Stellen. Die Thrid verwendeten nur Speere, Messer und Krummsäbel. Blaster würden den Posten gegen eine Menge verteidigen.

Als Geschäftsmann hatte er sehr dumm gehandelt. Aber als Mensch hatte er sich noch weniger vernünftig verhalten. Er hatte die Nase voll von einem Gesellschaftssystem und einer – nennen wir es – Theologie, und es war nicht seine Aufgabe, sie zu ändern. Es stimmt, die Lebensweise der Thrid war entsetzlich, und was Ganti widerfahren war, war wahrscheinlich typisch. Aber es war nicht Jorgensons Angelegenheit. Es war unklug gewesen, sich davon stören zu lassen. Wenn die Thrid dies so wollten, war es ihr Privileg.

Theoretisch sollte kein Thrid jemals einen Fehler machen, denn er gehörte zur intelligentesten Rasse im Universum. Aber ein lokaler Gouverneur war noch intelligenter. Wenn ein gewöhnlicher Thrid die kleinste und unbedeutendste Bemerkung eines örtlichen Gouverneurs – warum – in Frage stellte, musste er entweder ein Krimineller oder ein Wahnsinniger sein. Der örtliche Gouverneur entschied – natürlich zu Recht –, was er war. Wenn er ein Krimineller war, verbrachte er den Rest seines Lebens in einer Bande von aneinandergeketteten Kriminellen und verrichtete die anstrengendste Arbeit, die die Thrid erfinden konnten. Wenn er verrückt war, wurde er lebenslang eingesperrt.

---

Da war Ganti gewesen, ein Thrid , auf den Jorgenson große Hoffnungen gesetzt hatte. Er glaubte, dass Ganti lernen könnte, den Handelsposten ohne menschliche Aufsicht zu leiten. Wenn er könnte, könnte die Handelsgesellschaft einfach Handelswaren nach Thriddar bringen und andere Handelswaren mitnehmen. Die Geschäftskosten würden gesenkt. Es konnte keine Reibung zwischen Mensch und Thrid geben . Jorgenson hatte Ganti für diese Arbeit ausgebildet.

Aber der örtliche Gouverneur von Thrid hatte gesprochen und gesagt und beobachtet, dass Gantis Frau in seinen Haushalt eindringen wollte. Er fügte hinzu, dass Ganti sie ihm überlassen wollte.

Als die Versetzung stattfand, war Jorgenson außer sich vor Wut gewesen – allerdings nicht als Geschäftsmann. Aber Ganti war darauf konditioniert worden zu glauben, dass ein Gouverneur, wenn er sagte, er wolle etwas tun, es auch tat. Er konnte die gegenteilige Idee nicht ganz begreifen. Aber er trübte furchtbar Trübsal, und Jorgenson redete sardonisch mit ihm, und er bezweifelte fast, dass ein Beamter unbedingt Recht hatte. Als seine frühere Frau vor Kummer starb, wurde sein Unglaube positiv. Und gleich darauf verschwand er.

Jorgenson konnte nicht herausfinden, was aus ihm geworden war. Das mürrische Nachdenken über das Geschehen hatte ihn in die schlechte Laune versetzt, die heute Morgen den Anstoß gegeben hatte.

Zeit verging. Er hatte den Handelsposten in einer Verteidigungsposition. Er bereitete sein Mittagessen vor und blickte finster. Es verging mehr Zeit. Er kochte sein Abendessen und aß. Danach ging er auf das Dach des Handelspostens, um zu rauchen und seinen Zorn zu besänftigen. Er beobachtete den Sonnenuntergang. Auf Thriddar lag immer etwas Dunst in der Luft und die Farben waren sehr schön. Er konnte die Türme der Hauptstadt der Thrid sehen . Er konnte sehen, wie ein schwerfälliges, aber immer noch elegantes Dampfflugzeug schwerfällig auf das Feld am Rande der Stadt zusteuerte. Später sah er, wie ein weiteres Dampfflugzeug langsam, aber zuverlässig aufstieg und irgendwohin flog. Er sah, wie die Dampfhubschrauber über den Gebäuden der Stadt kreisten.

Er war wütend, weil Kreaturen, die intelligent genug waren, Dampfflieger zu bauen, nicht intelligent genug waren, um zu erkennen, was für ein Schwindel ihre Regierung war. Nachdem sich nun das neue Grand Panjandrum gegen ihn ausgesprochen hatte, fasste Jorgenson den zornigen, hartnäckigen Entschluss, etwas Dauerhaftes zu tun, um die Lage zu verbessern. Für die Thrid selbst. Hier dachte er nicht nur als Geschäftsmann, sondern als Menschenfreund. Wie beide. Wenn eine Laune des Grand Panjandrum ein Unternehmen ruinieren könnte, sollte etwas getan werden. Und als Ganti und zahllose andere Opfer einer launischen Tyrannei geworden waren ... Und Jorgenson aus dem Blickfeld verschwinden und nie wieder gesehen werden sollte ... Da waren eindeutig strenge Maßnahmen erforderlich!

Mit grimmiger Freude dachte er darüber nach, dass das Grand Panjandrum bald in der Lage eines Thrid sein würde , von dem jeder wusste, dass er sich irrte. Da ihm der Handelsposten verweigert wurde und Jorgenson immer noch sichtbar war, würde er sich notorisch irren. Und er konnte nicht Grand Panjandrum sein und trotzdem sein!

Es wäre eine schöne Situation für Glen-U. Er musste etwas dagegen tun, und er konnte nichts tun. Er hatte einen Fehler gemacht und es würde bald öffentlich bekannt werden.

Jorgenson döste leicht. Dann stärker. Dann noch heftiger. Die Nacht war noch keine zwei Stunden alt, als die Warnsirenen fürchterlichen Lärm machten. Die Thrid hörten kilometerweit das heulende, heulende Geräusch der Sirenen, die Jorgenson hätten wecken sollen.

Aber sie haben ihn nicht geweckt. Er schlief weiter.

---

Als er aufwachte, wusste er, dass ihm kalt war. Seine Muskeln waren verkrampft. Halb wach versuchte er sich zu bewegen, aber es gelang ihm nicht.

Dann versuchte er, vollständig aufzuwachen, aber auch das gelang ihm nicht. Er blieb in einem traumähnlichen, frustrierten Zustand, der teilweise einem Albtraum glich, während ganz allmählich neue Empfindungen in ihm aufstiegen. Er spürte ein gedämpftes Pochen in seiner Brust, in der sehr harten Oberfläche, auf der er mit dem Gesicht nach unten lag. Diese Oberfläche schwankte und schaukelte leicht. Er versuchte erneut, sich zu bewegen, und stellte fest, dass seine Hände und Füße gefesselt waren. Er stellte fest, dass er zitterte und erkannte, dass ihm seine Kleidung weggenommen worden war.

Völlig hilflos lag er auf dem Bauch im Frachtraum eines Dampfhubschraubers: Jetzt konnte er das Geräusch seiner Maschinen hören.

Dann wusste er, was passiert war. Er hatte das undenkbare Verbrechen – oder den Wahnsinn – begangen, das Grand Panjandrum für falsch zu erklären. Durch die Wirkung der Wahrheit, bei der es sich in Wirklichkeit um eine über dem Handelsposten schwebende Narkosegaswolke handelte, war er außer Sichtweite verschwunden.

Nun sollte offenbar dafür gesorgt werden, dass er nie wieder von Angesicht zu Angesicht von einem vernünftigen Wesen gesehen werden würde. Das Grand Panjandrum hatte den Streit gewonnen. Innerhalb weniger Monate würde ein Handelsschiff der Rim Stars landen, Jorgenson würde verschwinden und der Handelsposten beschlagnahmt werden. Es wäre aussichtslos, Fragen zu stellen, und noch schlimmer, es wäre aussichtslos, einen Handel zu betreiben. Das Schiff würde also abheben und es würde mindestens eine Generation lang keine Schiffe mehr geben. Dann könnte es – vielleicht! – noch einen anderen geben.

Jorgenson fluchte fließend und mit Leidenschaft.

„Es wird nicht mehr lange dauern", sagte eine ruhige Stimme.

Jorgenson wechselte von Obszönitäten in menschlicher Sprache zu Thrid . Er richtete seine Worte an die unsichtbare Kreatur, die gesprochen hatte. Dass Thrid offenbar ohne Emotionen zuhörte. Als Jorgenson außer Atem war, sagte die Stimme streng:

„Du hast erklärt, dass der große und unverkennbare Glen-U sich geirrt hat. Das konnte nicht sein. Es hat bewiesen, dass du entweder ein Krimineller oder ein Wahnsinniger bist, weil kein vernünftiges Wesen glauben konnte, dass er sich geirrt hat. Er hat dich für verrückt erklärt, und er kann sich nicht irren. So bald." Sie werden dort ankommen, wo Sie eingesperrt werden sollen, und kein vernünftiges Wesen wird Sie jemals von Angesicht zu Angesicht sehen.

Jorgenson wechselte wieder zum menschlichen Fluchen. Dann vermischte er beide Sprachen und verwendete alle anwendbaren Wörter, die er sowohl in der menschlichen Sprache als auch in Thrid kannte . Er kannte sehr viele. Das leise Pochen der dampfbetriebenen Rotoren ging weiter, und Jorgenson fluchte sowohl als Geschäftsmann als auch als Menschenfreund. Beide waren frustriert.

Augenblicklich änderte sich die Bewegung des Kopters. Er wusste, dass das Schiff sinken würde. Es gab heftigere Schwankungen , als ob Windböen von etwas Großem und Festem abgelenkt worden wären. Jorgenson hörte sogar tiefes Bassgrollen wie Meeresrauschen an einer felsigen Küste. Dann gab es Bewegungen in seiner Nähe, ein Seil wurde um seine Taille gelegt, eine Laderampe öffnete sich und er wurde durch sie gehoben und gesenkt.

---

Er baumelte mitten in der Luft, ein paar hundert Fuß über einer völlig kargen Insel, auf der gewaltige Wellen des Ozeans tobten. Der Abwind des Hubschraubers ließ ihn wild schwanken, und einmal drehte er sich schwindlig. Der Horizont war leer. Er wurde schnell auf die Insel hinabgelassen. Und seine Hände und Füße waren immer noch fest gefesselt.

Dann sah er eine Gestalt auf der Insel. Es war ein Thrid , der jeglicher Kleidung entledigt war wie Jorgenson und von der Sonne verdunkelt war. Diese Gestalt kam flink auf die Stelle zu, wo er im Stich gelassen wurde. Es hat ihn erwischt. Es überprüfte seine wilden Schwingungen , die zu Knochenbrüchen hätten führen können. Das Seil lockerte sich. Der Thrid legte Jorgenson nieder.

Er ließ das Seil nicht los. Er schien zu versuchen, ihn zu erklimmen.

Es wurde vom Dampfkopter getroffen und stürzte über beide herab. Der Thrid wedelte wild mit den Armen und schien Kauderwelsch in den Himmel zu kreischen. In der Nähe gab es einen Aufprall, als etwas herunterfiel. Jorgenson hörte das pochende Geräusch des Hubschraubers, als er sich hob und davonschwebte.

Dann spürte er, wie die Fesseln an seinen Armen und Beinen entfernt wurden. Dann sagte eine Thrid- Stimme – erstaunlicherweise eine vertraute Thrid- Stimme:

„Das ist nicht gut, Jorgenson. Wem hast du widersprochen?"

Der Thrid war Ganti, auf den Jorgenson einst als Geschäftsmann gehofft hatte und über dessen Katastrophe er sich mehr empört hatte. Er löste Jorgensons letzte Fesseln und half ihm, sich aufzurichten.

Jorgenson blickte sich böse um. Die Insel war etwa dreißig mal zwei Meter groß. Von einem Ende bis zum anderen bestand es aus verdrehtem, geronnenem gelbem Stein. Es gab steinerne Hügel und einen kleinen steinigen Gipfel sowie ein schmales Tal zwischen zwei höheren Felsstücken. Riesige Wellen dröhnten gegen die Luvküste und schleuderten Gischt höher als bis zum höchsten Punkt der Insel. Es gab einige Stellen, an denen sich Sand angesammelt hatte. Es gab eine Stelle – vielleicht einen Quadratmeter davon –, wo der Sand durch den Kot fliegender Dinge fruchtbar gemacht worden war und wo zwei oder drei verhungernde Pflanzen eine Art Laub zeigten. Das war alles. Jorgenson knirschte mit den Zähnen.

„Machen Sie weiter", sagte Ganti grimmig, „aber es könnte noch schlimmer sein, als Sie denken."

Er kletterte über den verdrehten Stein der Insel. Er kam zurück und trug etwas.

„Es ist nicht schlimmer", sagte er. „Es ist nur so schlimm. Sie haben Essen und Wasser für uns beide fallen lassen. Ich war mir nicht sicher, ob sie das tun würden."

***

Seine Ruhe machte Jorgenson ernüchtert. Als Geschäftsmann fühlte er sich bewegt, seine Situation deutlich zu machen. Er erzählte Ganti vom Plan des Grand Panjandrum, den Handelsposten Rim Stars zu übernehmen, was ein schlechtes Geschäft war. Er erzählte von seiner eigenen Reaktion, die überhaupt nicht sachlich war. Dann sagte er mürrisch:

„Aber er liegt immer noch falsch. Kein vernünftiges Wesen sollte mich jemals von Angesicht zu Angesicht sehen. Aber du tust es."

„Aber ich bin verrückt", sagte Ganti ruhig. „Ich habe versucht, den Gouverneur zu töten, der meine Frau entführt hatte. Also sagte er, ich sei verrückt, und das bestätigte die Wahrheit. Ich wurde also nicht in eine angekettete Gruppe von Arbeitern gesteckt. Jemand hätte mich vielleicht gesehen und darüber nachgedacht. Aber , hierher geschickt, es ist schlimmer für mich und ich bin wahrscheinlich inzwischen vergessen.

Er blieb dabei ruhig. Nur ein Thrid wäre so ruhig gewesen. Aber sie hatten mindestens Hunderte von Generationen Zeit, sich an die Ungerechtigkeit zu gewöhnen. Er hat es akzeptiert. Aber Jorgenson runzelte die Stirn.

„Du hast Verstand, Ganti. Wie groß ist die Chance zu entkommen?"

„Keine", sagte Ganti emotionslos. „Du gehst besser der Sonne aus dem Weg. Die wird dir schwere Verbrennungen bescheren. Komm mit."

Er ging voran über die kahle, sengende Felsoberfläche. Er wandte sich an einer kleinen Zinne vorbei. Es gab Schatten. Jorgenson kroch hinein und fand sich in einer Höhle wieder. Es war kein natürlicher Vorgang. Es war Stück für Stück herausgehackt worden. Drinnen war es kühl. Es war erstaunlich geräumig.

„Wie ist das passiert?" forderte Jorgenson, der Geschäftsmann.

„Das ist ein Gefängnis", erklärte Ganti sachlich. „Sie ließen mich hier herunter und ließen eine Woche lang Essen und Wasser fallen. Sie gingen weg. Ich stellte fest, dass vor mir hier ein anderer Gefangener gewesen war. Sein Skelett befand sich in dieser Höhle. Ich habe es mir überlegt. Es muss andere vor ihm gegeben haben." . Wenn ein Gefangener hier ist, wirft ein Hubschrauber von Zeit zu Zeit Essen und Wasser ab. Wenn der Gefangene es nicht aufhebt, kommen sie nicht mehr. Wenn sie gerade einen anderen Gefangenen haben, setzen sie ihn ab, so wie ich und er findet wie ich das Skelett des vorherigen Gefangenen und wirft es wie ich über Bord. Sie lassen Essen und Wasser für mich fallen, bis ich aufhöre, es aufzuheben. Und bald werden sie das Gleiche noch einmal tun.

Jorgenson blickte finster. Das war seine Reaktion als Mensch. Dann deutete er auf die Höhle um ihn herum. Zum Schlafen gab es einen Haufen ausgetrockneter Algen.

"Und das?"

„Jemand hat es ausgegraben", sagte Ganti ohne Groll. „Um beschäftigt zu bleiben. Vielleicht hat nur ein Gefangener damit angefangen. Ein späterer hat gesehen, wie es angefangen hat, und hat daran gearbeitet, um beschäftigt zu bleiben. Dann sind wiederum andere an der Reihe. Es hat viele Menschenleben gekostet, diese Höhle zu bauen."

Jorgenson knirschte ein zweites Mal mit den Zähnen.

„Und nur weil sie jemandem widersprochen hatten, der sich nicht irren konnte! Oder weil sie ein Geschäft hatten, das ein Beamter wollte!"

„Oder eine Frau", stimmte Ganti zu. "Hier!"

Er bot Essen an. Jorgenson aß mit finsterem Blick. Danach, kurz vor Sonnenuntergang, ging er über die Insel.

Es war Rock, sonst nichts. Es gab einen Haufen kleiner Bruchsteine von der Ausgrabung der Höhle. Es gab die wenigen verhungernden Pflanzen. Da war das Tauwerk, mit dem Jorgenson herabgelassen worden war. Da war das Paket mit Essen und Wasser. Ganti stellte fest, dass das Plastik nach etwa einer Woche zerfiel und daher für nichts mehr verwendet werden konnte. Es gab nichts, womit man fliehen konnte. Nichts, womit man fliehen könnte.

Selbst das getrocknete Algenbett war nicht bequem. Jorgenson schlief schlecht und wachte mit Muskelkater auf. Ganti versicherte ihm gelassen, dass er sich daran gewöhnen würde.

Er hat. Als der Hubschrauber erneut kam, um Nahrung und Wasser abzuwerfen, hatte sich Jorgenson körperlich an die Insel gewöhnt. Aber weder als Geschäftsmann noch als Mensch konnte er sich mit der Hoffnungslosigkeit abfinden.

Er zerbrach sich den Kopf nach der absurdesten oder geringsten Hoffnung auf Erlösung. Es gab Zeiten, in denen er sich als Geschäftsmann Vorwürfe machte, auf Thriddar geblieben zu sein , nachdem er über die Art und Weise, wie der Planet regiert wurde, empört war. Es war sehr dumm. Aber viel häufiger verspürte er einen solchen Hass auf die Sitten und Bräuche der Thrid – die ihn hierher gebracht hatten –, dass es schien, als müsse irgendwie etwas möglich sein, und sei es nur, um sich zu rächen.

---

### III

Der Hubschrauber kam, warf Futter und Wasser ab und verschwand. Es kam, ließ Futter und Wasser fallen und verschwand. Einmal platzte ein Wasserbeutel, als er fallen gelassen wurde. Sie verloren fast eine halbe Woche lang ihre Wasserversorgung. Bevor der Hubschrauber wieder kam , hatten sie zwei Tage lang nichts getrunken.

Es gab natürlich noch andere Vorfälle. Die getrockneten Algen, auf denen sie schliefen, verwandelten sich in pulverförmigen Müll. Sie sammelten mehr Algen, indem sie lange, tangartige Stränge davon an Land schleppten, von wo aus sie an den untergetauchten Felsen der Insel hafteten. Ganti erwähnte, dass sie dies unmittelbar nach der Ankunft des Hubschraubers tun müssten, damit von oben keine Anzeichen von Unternehmungen zu sehen seien. Die Algen hatten lange, flexible Stängel, aus denen man überhaupt keinen Nutzen ziehen konnte. Beim Trocknen wurde es steif und spröde, aber ohne Festigkeit.

Einmal begann Ganti unvermittelt, von seiner Jugend zu sprechen. Als würde er etwas untersuchen, was ihm noch nie zuvor aufgefallen war, erzählte er von der unglaublichen Konditionierungserziehung der jungen Mitglieder seiner Rasse. Sie haben gelernt, dass sie niemals einen Fehler machen dürfen. Niemals! Es spielte keine Rolle, ob sie ungelernt oder ineffizient waren. Es machte nichts, wenn sie nichts erreichten. Es gab keine Strafe für irgendetwas anderes als das Begehen von Fehlern oder das Abweichen von den Schiedsrichtern, die keine Fehler machen durften.

Deshalb wurde den Thrid- Junglingen beigebracht, nicht zu denken; zu nichts eine Meinung haben; nur um zu wiederholen, was niemand in Frage gestellt hat; nur um das zu tun, was ihnen von der Autorität gesagt wurde. Jorgenson kam der Gedanke, dass ein Skeptiker auf einem Planeten mit einer solchen Bevölkerung viel Verwirrung stiften könnte.

Dann, ein anderes Mal, beschloss Jorgenson, die Wetterschutzschnur zu verwenden, die bei seiner Landung vom Hubschrauber abgeschnitten worden war. Einen Teil davon schnitt er mit einem scharfkantigen Steinsplitter von dem Haufen ab, den ein ehemaliger Häftling auf der Insel angelegt hatte. Er entwirrte die verdrehten Fasern. Dann schliff er Angelhaken aus Muscheln, die knapp unter der Wasserlinie an den Felswänden der Insel befestigt waren. Danach wurde gefischt. Manchmal fingen sie sogar etwas zu essen. Aber sie haben nie gefischt, als der Hubschrauber fällig war.

Jorgenson fand heraus, dass ein Fischfilet, stark zusammengedrückt und wie ein nasses Tuch ausgewrungen, eine trinkbare Flüssigkeit ergeben würde, die kein Salz war und Wasser ersetzen würde. Und das war ein Grund, einen Netzbeutel herzustellen, in dem gefangene Fische zurück ins Meer gelassen werden konnten, sodass sie bei Bedarf da waren, aber nicht entkommen konnten.

Sie hatten es wochenlang benutzt, als er Ganti sah, trugen es, um es dort abzulegen, wo sie es über Bord gelassen hatten, und schwangen es müßig hin und her, während er ging.

---

Wenn Jorgenson nur Geschäftsmann gewesen wäre, hätte es keine besondere Bedeutung gehabt. Aber er war auch ein Mensch voller Hass auf die Thrid , die ihn lebenslang auf dieser kleinen Insel verbannt hatten. Er sah das Schwingen des Fisches. Es brachte ihn auf eine Idee.

Den Rest des Tages sprach er überhaupt nicht. Er dachte. Die Angelegenheit erforderte viel Nachdenken. Ganti ließ ihn in Ruhe.

Aber bei Sonnenuntergang hatte er es herausgefunden. Während sie zusahen, wie Thrids rote Sonne hinter dem Horizont versank, sagte Jorgenson nachdenklich:

„Es gibt einen Weg zu entkommen, Ganti."

„Auf was? Auf was?" forderte Ganti.

„In dem Hubschrauber, der uns versorgt", sagte Jorgenson.

„Es landet nie", sagte Ganti praktisch.

„Wir können dafür sorgen, dass es landet", sagte Jorgenson. Thrid durfte keine Fehler machen; er könnte einen Fehler begehen, nicht zu landen.

„Die Besatzung ist bewaffnet", sagte Ganti. „Es sind drei davon."

„Sie haben nur Messer und Krummsäbel", sagte Jorgenson. „Sie zählen nicht. Wir können bessere Waffen herstellen als sie."

Ganti sah skeptisch aus. Jorgenson erklärte. Er musste grob demonstrieren. Die ganze Idee war für Ganti neu, aber die Thrid waren schlau. Plötzlich begriff er es. Er sagte:

„Ich verstehe die Theorie. Wenn wir es schaffen, ist das in Ordnung. Aber wie bringen wir den Hubschrauber zur Landung?"

Jorgenson erkannte, dass sie seltsam redeten. Sie sprachen mit gemächlichem Mangel an Eile, mit dem Mangel an Hoffnung, der für Gefangene normal ist, denen eine Flucht unmöglich ist, selbst wenn sie über Flucht sprechen. Sie hätten über eine Angelegenheit diskutieren können, die keinen von ihnen betraf. Aber Jorgenson zitterte innerlich. Er hoffte.

„Wir werden es versuchen", sagte Ganti distanziert, als er es noch einmal erklärt hatte. „Wenn es scheitert, werden sie uns nur keine Nahrung und kein Wasser mehr geben."

Das schien natürlich weder für ihn noch für Jorgenson ein Grund zu sein, zu zögern, das auszuprobieren, was Jorgenson geplant hatte.

Es war überhaupt kein direkter und direkter Plan. Es begann damit, dass ein weiterer Teil des Seils, das Jorgenson herabgelassen hatte, gelöst wurde. Weiter ging es mit der Herstellung von Schnüren aus dieser Faser. Sie haben eine Menge Schnur hergestellt. Dann webten sie sehr unbeholfen und unbeholfen Stoffstreifen, ein paar Zentimeter breit und fünf bis sechs Zentimeter lang. Sie stellten leichte, starke Schnüre her, die von den Enden der Stoffstreifen ausgehen. Dann übten sie mit diesen Stofffetzen und den zerbrochenen Steinen, die ein ehemaliger Häftling so ordentlich aufgehäuft hatte.

Der Hubschrauber kam und warf Essen und Wasser ab. Als es weg war, übten sie. Als es wieder kam , übten sie nicht, aber als es verschwand, übten sie. Sie waren ein nackter Mann und ein nackter Thrid , zurückgelassen auf einem Felsbrocken in einem grenzenlosen Meer, und übten sich in einer Kunst, die so lange vergessen war, dass sie die feineren Teile der Technik neu erfinden mussten. Sie experimentierten. Sie haben es versucht. Das haben sie versucht. Als der Hubschrauber auftauchte, zeigten sie sich. Sie stürzten sich auf den heruntergefallenen Beutel mit Essen und Wasser, als wollten sie sich gegenseitig den vollen Anteil verweigern. Einmal schienen sie sich um die fallengelassene Tasche zu streiten. Der Hubschrauber schwebte, um zuzusehen. Der Kampf schien wütend und tödlich, aber ergebnislos.

Als der Hubschrauber weg war, gingen Jorgenson und Ganti zügig wieder zu ihren Übungen über.

---

Mit ihren Fähigkeiten waren sie mittlerweile fast zufrieden. Sie hatten einige der kleinen Steine verloren, aber es waren noch viele übrig. Sie begannen mit Seetang zu arbeiten, der Art mit langen Mittelstielen, die zu spröder Steifheit austrockneten. Sie legten genau fest, wie lange sie trocknen sollten. Sie untersuchten die Art und Weise, wie die flachen Algenblätter auf abgerundeten Steinflächen getrocknet werden müssen, um scheinbar feste Oberflächen nahezu beliebiger Form zu bilden. Aber im trockenen Zustand waren sie völlig spröde. Es war nicht möglich, sie länger als etwa einen Tag in irgendeiner Form zu halten, selbst wenn man sie mit kaltem Wasser besprühte, damit sie nicht zu Staub zerfielen.

Und sie übten mit dem Stoffstreifen und den Steinen. Ganti wurde geschickter als Jorgenson, aber selbst Jorgenson wurde ein Experte.

Es kam der Tag, an dem der Hubschrauber die Tüte mit dem Essen fallen ließ und Ganti scheinbar vor Wut tanzte und mit der Faust darauf drohte. Die Besatzung – Thrid sah ihn, schenkte ihm aber keine Beachtung. Sie gingen weg. Und Ganti und Jorgenson machten sich an die Arbeit.

Sie schleppten Algen an Land. Es musste bis zu einem gewissen Grad trocknen, bevor es überhaupt seine Form behalten konnte. Während es trocknete, übten sie. Die Blätter waren vor den Stängeln fertig. Sie verteilen sie auf abgerundeten Flächen, viele Blätter dick. Sie trockneten zu einer dunkelgrau-grünlichen Masse, die wie grobster Karton aussah, ohne auch nur einen Bruchteil der Festigkeit oder Steifheit von Karton. Jetzt waren die Stängel trocken genug, um steif, aber noch nicht ganz brüchig zu sein. Sie stellten ein Gerüst her und verbanden seine Mitglieder mit einer Schnur aus dem herabgelassenen Seil.

Zwei Tage bevor der Hubschrauber wieder fällig war, bedeckten sie den Rahmen mit der kartonähnlichen, aber fragilen, gebogenen Folie aus Algenblättern. Als sie fertig waren, hatten sie etwas, das wie der Rumpf eines gelandeten Hubschraubers aussah.

Dickere, aber spröde Abschnitte der Stängel wirkten wie Rotorblätter, wenn mehr Algenkarton angebracht wurde. Aus einer Entfernung von 60 Metern waren die Grobheiten des Objekts nicht zu erkennen. Es würde aussehen, als wäre ein Hubschrauber auf der Insel gelandet, auf der Jorgenson und Ganti eingesperrt waren.

Es würde wie eine Rettung aussehen.

Als der Hubschrauber ankam, verharrte er in der Luft, als würde er bremsen. Es hing in der Luft. Die Besatzung starrte nach unten. Sie sahen dort ein seltsames Flugzeug. Der Hubschrauber wirbelte herum und flog in Richtung Horizont davon.

Jorgenson und Ganti griffen sofort ihre eigene Schöpfung an. Das Gerüst war spröde; kaum in der Lage, sein eigenes Gewicht zu tragen. Sie haben das Ganze wütend abgerissen. Sie schleppten seine Fragmente in die Höhle. Sie arbeiteten eifrig daran, jede Spur seiner früheren Präsenz zu beseitigen.

Innerhalb von zwei Stunden fuhr eine Flotte von sechs Dampfkoptern über das Meer. Sie fegten über die Insel. Sie schauten. Sie sahen, wie Jorgenson und Ganti – ein nackter Mann und ein nackter Thrid – sie böse anstarrten. Sie sahen nichts anderes. Es gab nichts anderes zu sehen.

Auf einem der Hubschrauber befand sich ein Thrid- Beamter. Die Angelegenheit sei ihm gemeldet worden. Ein Hubschrauber hätte nur zur Rettung der Gefangenen auf dieser Insel landen können. Sie wurden nicht gerettet. Es hatte keinen Hubschrauber gegeben. Die Besatzung des Fahrzeugs, das den Bericht erstellt hatte, hatte einen Fehler gemacht!

Jorgenson und Ganti freuten sich gemeinsam, als es dunkel wurde. Die Hubschrauberbesatzung hatte eine Falschmeldung abgegeben. Sie würden einem wütenden Beamten gegenüberstehen. Entweder würden sie ihren ursprünglichen Bericht zurücknehmen oder dabei bleiben. Wenn sie es zurücknahmen, hatten sie versucht, einen Beamten zu täuschen, der sich nicht irren konnte. Jorgenson und Ganti freuten sich darüber, was sie ihren Gefängniswärtern angetan hatten.

IV

Als eine Woche später wieder ein Hubschrauber kam, war es nicht derselbe Flieger und nicht die gleiche Besatzung. Der Beutel mit Futter und Wasser wurde aus einer anderen Höhe fallen gelassen. Der Hubschrauber schwebte, bis er sowohl Jorgenson als auch Ganti sah. Dann ging es weg.

Sie machten sich erneut an die Arbeit mit aus dem Meer geborgenen Algen und übereinander geglätteten Blättern auf geeigneten Felsoberflächen. Stängel mit einem Durchmesser von bis zu 10 bis 12 cm werden begradigt und fast getrocknet, um wie Rotorwellen auszusehen, und kleinere Stängel werden zur Herstellung eines Gerüsts verwendet. Das Modell wurde mit einer Schnur zusammengebunden. Sie beendeten es in der Nacht, bevor der Hubschrauber wieder fällig war, und übten mit ihren Stofffetzen und den Steinen, bis es dunkel wurde. Bei Tagesanbruch übten sie erneut, aber als der Hubschrauber über das Meer kam , waren sie nirgends zu sehen.

Aber auf der Insel war ein Flugzeug auf Grund. Aus der Luft sah es bemerkenswert überzeugend aus.

Die Gefangenen hörten gespannt aus der ausgehöhlten Höhle zu. Das Modell auf dem Boden befand sich in einem Miniaturtal zwischen Abschnitten aus höherem Stein. Von oben war es zu sehen, von der Seite jedoch nicht gut. Von einem Ende war es überhaupt nicht zu sehen, aber vom anderen Ende war es eine bemerkenswerte Arbeit. Es würde tatsächlich jeden Blick täuschen , der nicht ganz nah dran ist.

Der fliegende Hubschrauber schwebte und schwebte hin und her. Seine Besatzungsmitglieder sahen nirgendwo eine Bewegung, was nicht möglich war. Wenn ein Flugzeug gestrandet war, musste es Thrid sein , der es hierher geflogen hatte. Sie waren nicht zu sehen. Die Gefangenen waren nicht zu sehen. Die Situation war unmöglich.

Jorgenson und Ganti warteten.

Die fliegenden Gefängniswärter konnten nicht berichten, was sie sahen. Eine frühere Besatzung hatte das getan, und als sich herausstellte, dass sie sich geirrt hatten oder noch schlimmer war, legten sie Ketten an, um ihr Leben lang schwere Arbeit zu verrichten. Doch der Thrid im Hubschrauber über der Insel wagte es nicht, sich nicht zu melden. Jemand anderes könnte es sehen und würde dafür verurteilt werden, dass er es nicht gemeldet hat. Sie konnten es nicht melden und sie konnten es nicht nicht melden!

Jorgenson grinste, als das Pochen der Rotoren beim Landeanflug des Dampfhubschraubers immer lauter wurde. Er und Ganti machten sich bereit.

Das fliegende Fahrzeug landete. Sie haben es gehört. Die Besatzung stieg ängstlich, aber wachsam und mit griffbereiten Waffen aus. Einer blieb in der

Nähe des Schiffes, seine Ohren schrumpften vor Entsetzen. Die anderen beiden bewegten sich vorsichtig, die Waffen weit im Vordergrund, um das Flugzeug zu untersuchen, das unmöglich hier sein konnte.

Jorgenson und Ganti krabbelten gemeinsam aus der ausgehöhlten Höhle.

Ganti schwang seinen Stoffstreifen. An jedem Ende war eine starke Schnur befestigt, und er hielt die Schnüre so, dass das Tuch eine Tasche bildete, in der ein Stein lag. Das Ganze wirbelte wütend herum. Ganti ließ eine Schnur los. Der Stein flog. Es traf den Thrid , der an der Maschine Wache hielt, mitten in die Stirn. Jorgensons Stein traf den Bruchteil einer Sekunde später ein, bevor der Thrid zu fallen begann. Sie zogen aus, Jorgenson grinste auf eine äußerst ungeschäftsmännische Art und Weise. Sie hörten den erschrockenen Ausruf der beiden anderen Neuankömmlinge, als ihnen klar wurde, dass sie nur die Nachbildung eines gelandeten Fliegers sahen, der zerfiel, als sie ihn berührten.

Jorgenson und Ganti schwangen gemeinsam ihre Schlingen. Der Gefängniswärter – Thrid drehte sich gerade noch rechtzeitig um, um zu sehen, was mit ihnen geschah. Es war endgültig.

Und der Hubschrauber hob wieder ab, Ganti und Jorgenson waren bekleidet und mit einem ausreichenden Vorrat an Steinen in improvisierten Taschen in ihren Kleidungsstücken ausgestattet.

---

Von da an war es völlig einfach. Sie gingen in ein Dorf der Thrid auf dem Festland. Es war das Dorf, in dem Ganti gelebt hatte; dessen Gouverneur gesprochen und gesagt und bemerkt hatte, dass Gantis Frau in seinen Haushalt eintreten wollte und dass Ganti dies wünschte. Ganti marschierte widerspenstig die breitere Straße entlang. Erstaunte Augen richteten sich auf ihn. Ganti sagte arrogant:

„Ich bin der neue Gouverneur. Rufen Sie andere an, um es zu sehen."

Die Dorfbewohner konnten die Aussage eines Beamten nicht in Frage stellen. Nicht einmal die Aussage, dass er Beamter sei. Also stolzierte Ganti – dicht gefolgt von Jorgenson – in den Palast des örtlichen Gouverneurs. Es war nicht beeindruckend, sondern lediglich ein grüner, strohgedeckter, weitläufiger Komplex kleiner Gebäude. Ganti ging voran in den innersten Teil des Palastes und fand einen dicken, schlafenden Thrid mit vier Dorfbewohnern – Thrid fächelte ihm mit riesigen Fächern Luft zu. Schrie Ganti und der dicke Thrid setzte sich völlig verwirrt auf.

„Ich spreche und sage und beobachte", sagte Ganti kalt, „dass ich der neue Gouverneur bin und dass Sie im Begriff sind zu sterben, ohne dass Sie jemand berührt."

Der dicke Thrid starrte ihn an. Es war unglaublich. Tatsächlich war es für einen Thrid , der noch nie von einer Raketenwaffe gehört hatte, unmöglich. Ganti schwang seinen Stoffstreifen an den beiden daran befestigten Schnüren. Es wirbelte zu schnell herum, um deutlich gesehen zu werden. Ein Stein flog furchtbar gerade. Es gab einen Aufprall.

Der örtliche Gouverneur, der gesprochen, gesagt und beobachtet hatte, dass Gantis Frau in seinen Haushalt eindringen wollte, war ziemlich tot.

„Ich", sagte Ganti zu seinen ehemaligen Mitbewohnern, „ich bin der Gouverneur. Wenn jemand es leugnet, wird er sterben, ohne dass ihn jemand berührt."

Und das war's.

Ganti verzog das Gesicht zu Jorgenson:

„Ich werde gleich etwas Nützliches für Sie sagen und beobachten, Jorgenson. Im Moment werde ich zu Fuß marschieren und mit dem Provinzgouverneur sprechen. Ich werde einen Zug von Begleitern nehmen, damit er mich empfängt. Dann werde ich ihm sagen, dass er sterben wird, ohne dass ihn jemand anfasst. Er hat es verdient!"

Zweifellos hatte Ganti Recht.

---

Jeder Thrid- Beamte, bei dem es unmöglich war, sich zu irren, würde exzentrische Vorstellungen entwickeln.

Die meisten Menschen konnten nicht daneben stehen und zusehen. Sie verließen Thriddar so schnell wie möglich. Im Moment konnte Jorgenson den Planeten nicht verlassen, aber er wollte nicht sehen, was Ganti tun konnte und wollte und nach menschlichen Maßstäben wahrscheinlich tun sollte. Er lagerte versteckt im Dampfkopter, bis Ganti ihm eine Nachricht schickte.

Dann startete er den Hubschrauber und flog zurück zum Handelsposten. Es war leer. Entkernt. Geplündert. Aber im Hof wartete ein hoher Beamter auf ihn. Er hielt eine Schriftrolle in seiner Hand. Es glänzte golden. Als Jorgenson ihn grimmig ansah, gab der hohe Beamte ein Geräusch von sich, das einem Räuspern ähnelte, und der Thrid mit dem Zeugenhut um ihn herum verstummte.

Tag hat Ganti, der Unverwechselte, wie seine Vorgänger im Laufe der Jahrhunderte gesprochen, gesagt und eine Wahrheit befolgt." die Anwesenheit der Gouverneure und Herrscher des Universums.

Jorgenson hörte grimmig zu. Der neue Grand Panjandrum hatte ihn –
Jorgenson – zum Provinzgouverneur ernannt.

Ganti war dankbar. Der Inhalt des Handelspostens würde zurückgegeben.
Von diesem Zeitpunkt an florierte die Rim Stars Trading Corporation wie
nie zuvor.

Aber Jorgenson war kein Thrid . Er sah die Dinge wie ein Geschäftsmann,
aber gleichzeitig und widersprüchlich betrachtete er sie als richtig und gerecht
oder falsch und unerträglich. Als Geschäftsmann sah er, dass alles
hervorragend geklappt hatte. Da er an Recht und Unrecht glaubte, kam es
ihm so vor, als sei nichts Besonderes passiert.

Er hätte besser getan, überlegte er, das zu tun, was die meisten Menschen
taten, nachdem er verstanden hatte, was vor sich ging Thriddar und was
scheinbar immer so weitergehen muss Thriddar . Weil die Thrid erkannt
hatten, dass sie die intelligenteste Rasse im Universum waren und daher eine
möglichst perfekte Regierung haben mussten, deren Beamte zwangsläufig
unfähig sein mussten, einen Fehler zu machen ...

Als das Handelsschiff Rim Stars einen Monat später auf Grund ging, ging
Jorgenson an Bord und blieb dort. Er blieb an Bord, als das Schiff abfuhr.
Thriddar war kein Platz für ihn.

www.ingramcontent.com/pod-product-compliance
Lightning Source LLC
LaVergne TN
LVHW091145180726
843490LV00008B/3222